葛莉塔與巨人

GRETA AND THE GIANTS

獻給所有願意與瑞典女孩葛莉塔・童貝里
一起為環保奮戰的兒童

文／佐埃・泰克
Zoë Tucker

圖／佐伊・薄西戈
Zoe Persico

譯／柯清心

從前有個女孩，
住在一片美麗的森林裡。

她的名字叫葛莉塔。

一天早晨，情況有點不對勁。
葛莉塔走到戶外的花園裡，
竟然發現森林裡所有的動物，
都擠在樹蔭底下。

一頭溫和的銀棕色野狼踏向前來，尾巴幾乎垂到地面。「請你幫幫我們。」野狼喃喃的說：「巨人正在破壞我們的家園，森林殘破不堪了，我們不知道要往哪兒去。」

就葛莉塔記憶所及，巨人一直都待在森林裡，但現在，他們變本加厲，像龐大又蠢笨的傻瓜一樣，不停的東奔西跑。

他們砍下樹木，
打造房子。

然後又砍下更多的樹木，
蓋出更大的房子。

房舍逐漸聚集成小鎮， 小鎮慢慢擴大為都市。
他們建造工廠、 商店、 汽車與飛機，
日以繼夜， 直到最後……

森林幾乎要
消失了。

可是貪婪的巨人，
早已忘記森林有多
麼美好。

他們看不見
所有在陰影中
瑟瑟顫抖的小
鳥、蟲子、蝴蝶
和大熊，也沒有
人敢叫他們停止
砍伐，因為大家
都懼怕巨人。

只ⓐ有ⓨ葛ⓖ莉ⓛ塔ⓣ例ⓛ外ⓦ。

「你ⓝ能ⓝ幫ⓑ幫ⓑ我ⓦ們ⓜ嗎ⓜ？」野ⓨ狼ⓛ問ⓦ道ⓓ。 葛ⓖ莉ⓛ塔ⓣ看ⓚ看ⓚ
周ⓩ圍ⓦ的ⓓ動ⓓ物ⓦ， 他ⓣ們ⓜ看ⓚ起ⓠ來ⓛ疲ⓟ累ⓛ又ⓨ悲ⓑ傷ⓢ， 葛ⓖ莉ⓛ
塔ⓣ非ⓕ幫ⓑ助ⓩ他ⓣ們ⓜ不ⓑ可ⓚ ── 可ⓚ是ⓢ， 要ⓨ怎ⓩ麼ⓜ幫ⓑ呢ⓝ？

這時，葛莉塔想到了一個點子。

隔天早晨，葛莉塔跑到森林中央，等候巨人出現。
她一個人站在那兒，高舉一個大牌子，牌子上寫著：
「住手！」

葛ㄍㄜ莉ㄌㄧ塔ㄊㄚ等ㄉㄥ候ㄏㄡ著ㄓㄜ……
她ㄊㄚ等ㄉㄥ了ㄌㄜ又ㄧㄡ等ㄉㄥ……

第一天，巨人沒有看見她，繼續晃晃悠悠的走過去。

第二天、第三天也一樣。

直到第四天，事情有了變化。

在一旁觀察葛莉塔的一名小男孩，也做了一個牌子，
他跑過來，坐到葛莉塔身邊。男孩沒多說什麼，但葛
莉塔知道，他和自己有相同的感受。

之後，更多的人和動物看見他們的行動，
也紛紛跟著加入了。

不ㄅㄨ久ㄐㄧㄡ，一一ㄧ大ㄉㄚ群ㄑㄩㄣ人ㄖㄣ湧ㄩㄥ入ㄖㄨ森ㄙㄣ林ㄌㄧㄣ，
沿ㄧㄢ著ㄓㄜ道ㄉㄠ路ㄌㄨ走ㄗㄡ向ㄒㄧㄤ都ㄉㄨ市ㄕ。
他ㄊㄚ們ㄇㄣ一一ㄧ起ㄑㄧ站ㄓㄢ著ㄓㄜ等ㄉㄥ候ㄏㄡ。

我們的家園有難

救救我們的家！

取代

我們住在這裡！

住手！

人群數量
之多……

…… 終於讓巨人停下腳步了！

「請住手！」
葛莉塔大喊。

「你們的行為破壞了動物的家園！你們砍倒樹木，踐踏花朵，害得蜜蜂和小鳥都飛走了，其他動物也無家可歸。我們的森林快要完蛋了！」

住手！

聆聽

葛莉塔說完話，
一切安靜下來。

但接著，群眾跟著開始大喊。

「我們必須一起照護我們的森林，並共同生活。可以拜託你們試試看嗎？」他們齊聲說。

巨人一個個拖著步伐……

他們坐立不安……

在地上跺腳。

他們覺得很不好意思，也有點難過。

因為巨人忙著蓋房子，無暇顧及自己對森林或住在森林裡的動物，造成了什麼影響。

巨人都覺得超級難過。
「真是抱歉。」他們說，同時保證會盡力改進。

於是從那天起，貪婪的巨人便不再那麼貪心了！

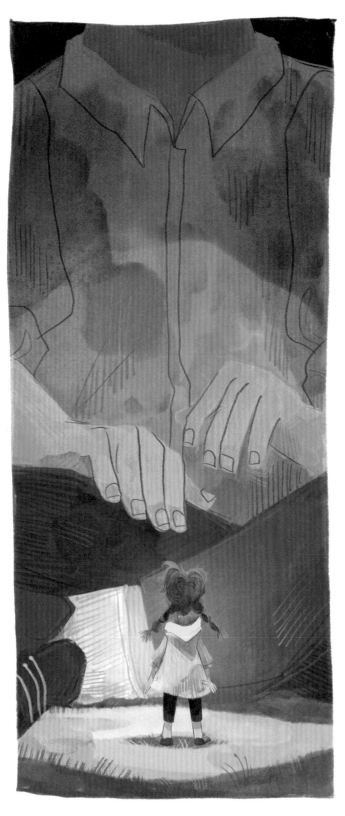

他們放慢步調，學著靜靜坐下。

不再總是工作個不停，並開始培養新的嗜好。

他們不再砍樹，而是學習
所有與園藝相關的知識，
還搬到森林裡住了下來。

他們學會煮飯、修補、整
理與分享，不久之後……

…… 森林變得更美了， 美得超乎他們的想像。

這個故事，受到一個名叫葛莉塔‧童貝里的瑞典女孩，真人真事的啟發。

葛莉塔跟各位年紀差不多大時，發現一種叫做「氣候變遷」的現象。氣候變遷意味著地球會變得愈來愈熱，而且這種情形會造成許多損害。科學家一致認為，氣溫上升是由人類活動造成的，人們燃燒煤炭、汽油和天然氣（也稱為「化石燃料」）時，會排放二氧化碳，使地球暖化，因此極地的冰層正在融化，海平面不斷上升。同時，因為森林被過度砍伐，使得動物無家可歸。

地球的平均溫度已經比以往高了攝氏一度，造成更加失控的野火、暴風雨和水災，迫使住在海岸附近的一百多萬人，必須離開家園。如果人類繼續我行我素，狀況只會變得更糟。氣候變遷，是人類有史以來面臨的最大災難。

葛莉塔深知這一切，卻無法明白，為什麼沒有人採取任何動作？於是她在十五歲時，展開罷課抗議活動，坐在瑞典政府大樓外，舉著一張寫著「為氣候罷課」的牌子。慢慢的，人們停下腳步，加入她的行列。如今，她的抗爭鼓舞了全球的兒童與成人，挺身對抗氣候變遷。葛莉塔與來自許多不同國家的政府官員談過話，並於二〇一九年，獲得諾貝爾和平獎提名。

本書的故事，有個美好的結局，可是在真實世界，葛莉塔依舊在與巨人對抗。他們也許不像書中那樣龐大又顯眼，但巨人是真有其人，而且有些巨人不想改變，因此葛莉塔需要各位幫忙。

或許你會覺得自己還太小，但葛莉塔說：

「小不是問題，每個人都能有大作為。」

這些是你能幫忙葛莉塔的幾件事：

✘ 盡可能學習一切有關氣候變遷的知識，並把自己所學告訴你的親朋好友。

✘ 請大人帶你參加氣候抗議活動，為葛莉塔倡議。也可以問老師，能否教你們寫信給政府官員，或拜訪他們，請他們幫忙阻止氣候變遷。

✘ 外出儘量選擇走路、跑步、騎腳踏車，或搭乘公車、捷運、火車，別坐汽車或搭飛機，可以節能減碳。

✘ 請家人少吃點肉，並請大人購買附近所產的食物，而非來自遠方國家的食品。

✘ 珍惜手邊的物品，損壞時把它修好，而不是去買新的。等你用完，將它與你的朋友們分享，不要丟棄。

你可能認為，這樣並不能造成什麼改變，可是如果我們大家同心齊力，**我們真的可以改變世界。**

進一步相關資訊：
週五護未來：www.frodaysforfuture.org
地球之友：www.foe.org
林務局自然保育網：conservation.forest.gov.tw
350 Taiwan：gofossilfree.org/taiwan
臺灣黑熊保育協會：taiwanbear.org.tw

在您購買這本書的同時，您已捐出定價的2%給國際環保團體 350.org。

350.org是一個以「350百萬分點（350ppm，指大氣中安全的二氧化碳濃度標準）」命名的國際環保組織。

至今，350.org在世界各地，透過各種活動，包括反對建設燃煤電廠、巨大燃料管線等等，

支持可再生的環保能源，並倡導淘汰化石燃料。

想知道更多資訊，請參考網站350.org。

←350.org

致心愛的亞當。──Z.T.

謝謝爸媽不斷的支持與啟發。──Z.P.

葛莉塔與巨人 Greta and the Giants

文｜佐埃·泰克 Zoë Tucker
圖｜佐伊·薄西戈 Zoe Persico
譯｜柯清心

字畝文化創意有限公司
社　　長｜馮季眉
責任編輯｜戴鈺娟
編　　輯｜陳心方
美術設計｜文皇工作室

讀書共和國出版集團
社長｜郭重興　發行人兼出版總監｜曾大福
業務平臺總經理｜李雪麗　業務平臺副總經理｜李復民
實體通路協理｜林詩富　網路暨海外通路協理｜張鑫峰　特販通路協理｜陳綺瑩
印務協理｜江域平　印務主任｜李孟儒

發　　行｜遠足文化事業股份有限公司
地　　址｜231 新北市新店區民權路108-2號9樓
電　　話｜(02)2218-1417
傳　　真｜(02)8667-1065
電子信箱｜service@bookrep.com.tw
網　　址｜www.bookrep.com.tw

法律顧問｜華洋法律事務所　蘇文生律師
印　　製｜通南彩色印刷有限公司

2022年1月　初版一刷
定價｜350元　書號｜XBTH0071　ISBN｜978-986-0784-57-2

國家圖書館出版品預行編目（CIP）資料

葛莉塔與巨人/佐埃.泰克(Zoë Tucker)文；
佐伊.薄西戈(Zoe Persico)圖；柯清心譯.
-- 初版. -- 新北市 :字畝文化出版 :
遠足文化事業股份有限公司發行.2022.01
40面 ; 23.5×27.6公分

譯自 : Greta and the giants : inspired by Greta
Thunberg's stand to save the world

ISBN 978-986-0784-57-2（精裝）

874.596　　　　　　　　　　110014424

特別聲明：有關本書中的言論內容，不代表本公司／出版集團之立場與意見，文責由作者自行承擔。